LA JEUNESSE DE
BLUEBERRY
TROIS HOMMES POUR ATLANTA

Scénario : François CORTEGGIANI

Illustrations : Colin WILSON

Couleurs : Janet GALE

DARGAUD

PARIS • BARCELONE • BRUXELLES • LAUSANNE • LONDRES • MONTREAL • NEW YORK • STUTTGART

Blueberry s'est évadé de la prison de Rome, en Géorgie, à bord d'un train sudiste. Ce coup d'éclat lui vaut d'être placé sous les ordres du général Sherman, qui vient d'entreprendre sa marche vers la mer, afin de couper en deux un Sud déjà moribond. Blueberry est envoyé à Atlanta, comme éclaireur, pour évaluer l'importance des fortifications de la ville, mais des ombres venues de son proche passé, l'attendent...

La série **Blueberry** a été créée par **Jean-Michel CHARLIER** et **Jean GIRAUD**

www.dargaud.com

4

5

13

JE VOIS QUE TU N'AS PAS PERDU LA MÉMOIRE, MIKE, MÊME SI TU AS PERDU TON HONNEUR À JAMAIS...

LEWIS... LEWIS NORTON! (1)

(1) VOIR LA JEUNESSE DE BLUEBERRY #1, 2, 3...

J'ESPÉRAIS VRAIMENT TE REVOIR UN JOUR, TU SAIS... ET QUE TU PAYES ENFIN POUR TES CRIMES... CAR LA LISTE S'EST ALLONGÉE... ET LE SIMPLE CLAIRON DEVENU LIEUTENANT N'A FAIT QUE FRAPPER SON CAMP ENCORE PLUS...

C'EST VRAIMENT LE HASARD QUI A FAIT QUE JE ME TROUVE À CETTE FENÊTRE PAR LAQUELLE JE T'AI APERÇU, SALE RENÉGAT!

IL N'Y A PAS DE HASARD, NORTON, QUE DES EXPÉRIENCES... OÙ AS-TU DONC DÉGOTÉ CETTE JOLIE CANNE?...

EN ME BATTANT LOYALEMENT SOUS LES ORDRES DU GÉNÉRAL BRAGG, MAIS ÇA, BIEN SÛR... LA LOYAUTÉ, TU NE SAIS PAS CE QUE C'EST!

UN GRADE DE CAPITAINE POUR UNE JAMBE, C'EST PEU CHER LA PAYER, LA LOYAUTÉ...

IL Y A DES CHOSES QUI NE S'ACHÈTENT PAS, MIKE... TU ES SANS DOUTE TROP POURRI POUR POUVOIR LE COMPRENDRE... MAIS PUISQU'ON PARLE DE TOI... QUE FAIS-TU À ATLANTA... JE SUIS CERTAIN QUE TU N'ES PAS ICI PAR HASARD, ET QUE LE SERGENT FARGO EST TRÈS CURIEUX D'ENTENDRE TOUT CE QUE TU AS À LUI DIRE...

UN MONASTÈRE?...

OUI... ENFIN... LA SÉCURITÉ MILITAIRE OCCUPE JUSTE LE QUART DES BÂTIMENTS, DE TOUTES FAÇONS LES MOINES SONT PEU NOMBREUX...

DES MOINES... GOOD LORD... MAIS OUI!

TU AS UNE IDÉE?

NON... UNE ILLUMINATION!

16

VITE... PAR ICI !

DITES DONC, SI C'EST VOUS LE MOINE ASSOMMÉ PAR GRAYSON, VOUS RÉCUPÉREZ QUE C'EN EST UN MIRACLE !

ET MON ALIBI, MON FILS... JE PRÉFÈRE QUE CE CHER CAPITAINE NORTON ME CROIE À MOITIÉ GROGGY DANS UN COIN... ÇA ME SIMPLIFIERA LA VIE...

VENEZ, CET ESCALIER CONDUIT À UNE CAVE D'OÙ UNE PORTE VOUS PERMETTRA DE GAGNER LA RUE SANS REPASSER PAR L'ENTRÉE PRINCIPALE...

APRÈS, DIRECTION LE "RED DRAGON", CAR NORTON NE RESTERA PAS LONGTEMPS INACTIF... VOUS AVEZ REPÉRÉ OÙ ÇA SE TROUVE, SERGENT ?

NON, JE N'EN AI PAS EU LE TEMPS, HOMER A DIT SUR HOPPER STREET...

ÇA C'EST L'ENTRÉE PRINCIPALE. PRENEZ PLUTÔT PAR BENTON LANE À GAUCHE DU BÂTIMENT, LA PORTE ROUGE... JE VAIS VOUS EXPLIQUER, CE N'EST PAS TRÈS LOIN...

...ET QUE DIEU VOUS GARDE !

MERCI... NOUS EN AURONS BIEN BESOIN...

ET ON GARDE CES COSTUMES JUSQU'À QUAND ?

JUSQU'À CE QUE NOUS SOYONS À L'ABRI. AUTANT NE PAS SE FAIRE REMARQUER EN SE DÉSHABILLANT EN PLEINE RUE...

ALORS ÇA Y EST... ON L'A LOCALISÉ ?

OUI... LE CAPITAINE VA ÊTRE CONTENT...

CEPENDANT, AU MONASTÈRE, DANS LES LOCAUX DE LA SÉCURITÉ MILITAIRE...

MMH... MMH !!

ON... OH?!

20

VOUS ÊTES CERTAIN DE CE QUE VOUS AVANCEZ, PHILLIPS... ON PEUT ENFIN L'AVOIR ?

AFFIRMATIF MON CAPITAINE !

ON A FINI PAR TROUVER L'ENDROIT OÙ EST ENTREPOSÉE UNE PARTIE DU MATÉRIEL MILITAIRE QUI A ÉTÉ DÉTOURNÉ, SANS COMPTER LES STOCKS DE VIVRES...

TRÈS BIEN, CETTE FOIS-CI NOUS TENONS CE RASCAL !

MAIS IL VA FALLOIR AGIR À COUP SÛR... LE PRENDRE SUR LE FAIT...

SELON MES SOURCES, IL ATTEND UNE LIVRAISON POUR APRÈS-DEMAIN SOIR, ON POURRAIT TENTER UNE ACTION...

UNE ACTION... OUI, NOUS AVONS ASSEZ DE TEMPS POUR METTRE UNE SOURICIÈRE EN PLACE...

" MALGRÉ LE PEU D'HOMMES DONT NOUS DISPOSONS...

LA QUALITÉ PALLIERA LA QUANTITÉ, CELA FAIT TROP LONGTEMPS QUE CE REDFORD NOUS NARGUE, SI TANT EST QUE CE SOIT SON VÉRITABLE NOM...

ET POUR CES DEUX HOMMES QUI SE SONT ENFUIS... QUE FAIT-ON ?...

POUR LE MOMENT, RIEN... ON CONCENTRE NOS EFFORTS SUR CE TRAFIQUANT DE MALHEUR...

VOUS LAISSEZ TOMBER ?...

JE NE LAISSE RIEN TOMBER, PHILLIPS... JAMAIS RIEN... MAIS JE SAIS ÊTRE PATIENT, JE SAIS QUE NOS ROUTES SE CROISERONT À NOUVEAU, BLUEBERRY NE PEUT DISPARAÎTRE COMME ÇA... PERSONNE N'ÉCHAPPE À SON DESTIN...

ET LEWIS NORTON NE SEMBLE PAS SI BIEN DIRE CAR LE LENDEMAIN...

NOUS SOMMES CINGLÉS DE SORTIR EN PLEIN JOUR, LA VILLE GROUILLE DE SOLDATS ET DE PATROUILLES...

ÇA SUFFIT, LE CŒUR DES PLEUREUSES! NOUS SOMMES CENT FOIS MOINS REPÉRABLES MAINTENANT QUE LA NUIT SAUTILLANT DE ZONE D'OMBRE EN ZONE D'OMBRE...

TOUT DE MÊME... ON RISQUE GROS... LES DOS GRIS ONT PEUT-ÊTRE DÉJÀ DIFFUSÉ TON SIGNALEMENT UN PEU PARTOUT...

MAIS NON... CE SERAIT BIEN LE DIABLE SI QUELQU'UN POUVAIT M'IDENTIFIER... ALORS, CETTE BICOQUE ?

...LÀ... DROIT DEVANT... DE L'AUTRE CÔTÉ DE LA RUE...

HEY!... JE RETIRE LE MOT BICOQUE... CETTE CRAPULE NE S'EMBÊTE PAS... LES VOLETS SONT FERMÉS...

IL N'Y A PERSONNE ?

ÇA... POUR S'EN ASSURER, IL FAUDRAIT ALLER VOIR À L'INTÉRIEUR... SEULE LA LAME DU COUTEAU...

... CONNAÎT LE CŒUR DE LA PASTÈQUE... JE CONNAIS... OK, ON REVIENDRA CETTE NUIT... DE JOUR LES PÉPINS SERAIENT SÛREMENT TRÈS NOMBREUX...

MAIS À L'ÉTAGE D'UNE MAISON SURPLOMBANT LA RUELLE OÙ SE TROUVE BLUEBERRY, HOMER ET GRAYSON...

OH!

24

HEUREUSEMENT QUE TOUT A DÉJÀ ÉTÉ DISPERSÉ EN PARTIE... IL SUFFIT DONC DE CHANGER DE BASE D'OPÉRATION ET TOUT POURRA CONTINUER COMME AVANT...

CE CAPITAINE DE MES FESSES NE TROUVERA QU'UNE COQUILLE VIDE...

ÇA NE SERA PAS AUSSI SIMPLE QUE ÇA... QUAND IL A UNE IDÉE EN TÊTE... ET REMONTER QUELQUE CHOSE NE SERA PAS FACILE...

ÇA NE SERAIT PAS DE REFUS... MAIS PLUS TARD... JE NE VEUX PAS ÉVEILLER LES SOUPÇONS... ET PUIS... TU PROPOSES... MAIS CE N'EST PAS TOI QUI DISPOSES... COMMENT FRANCHIRAS-TU LES LIGNES QUI ENCERCLENT LA VILLE ?...

DANS CE CAS, ON ÉCOULE CE QUI RESTE ET ON FILE... MES CONTACTS DE L'AUTRE CÔTÉ M'AIDERONT À REBONDIR... SI ÇA TE TENTE...

HA HA HA... SÛREMENT PAS À PIED... ET ENCORE MOINS À CHEVAL ! HA HA HA...

NE T'INQUIÈTE DONC PAS... HA HA HA... J'AI TOUT PRÉVU, HA HA HA

?!

SMOOTS DOIT APPORTER TOUT À L'HEURE UNE PARTIE DES RELEVÉS QU'ILS ONT DÛ COMMENCER À FAIRE AVEC ANDY...

PARFAIT, LEUR ÉTUDE NOUS FERA PATIENTER LE TEMPS QUE L'ON AILLE VOIR SI BOWMAN A BIEN SA TANIÈRE LÀ OÙ VOUS L'AVEZ LOCALISÉE...

S'IL N'Y EST PAS... L'UN DE NOUS RESTERA EN PLANQUE... SI C'EST VRAIMENT LÀ QU'IL HABITE, IL DOIT BIEN Y REVENIR DE TEMPS EN TEMPS...

EN REVANCHE... SI NOUS PARVENONS À LUI METTRE LA MAIN DESSUS, TOUT SERA...

UN PROBLÈME, SERGENT GRAYSON ?...

27

VOUS AVEZ DONC ABANDONNÉ VOTRE POSTE ET VOUS AVEZ SUIVI PHILLIPS...

HEUREUSEMENT, MON CAPITAINE, ÇA M'A PERMIS DE LE VOIR SE FAIRE PROPREMENT ALLUMER PAR CE BLUEBERRY QU'IL AVAIT PRIS EN FILATURE...

ILS SONT TOUS AU RED DRAGON...

AU RED DRAGON... TIENS TIENS... ÇA FAIT LONGTEMPS QUE JE SOUPÇONNE SA PLANTUREUSE TENANCIÈRE DE N'ÊTRE PAS TRÈS RÉGULIÈRE... ON VA LES COINCER TOUS ENSEMBLE !

SERGENT FARGO !... VOUS ÊTES RENTRÉ ?!...

JE SUIS LÀ MON CAPITAINE, À VOS ORDRES !

DE COMBIEN D'HOMMES POUVEZ-VOUS DISPOSER TOUT DE SUITE ?

UNE DIZAINE...

PARFAIT, ÇA SUFFIRA, TOUS À CHEVAL ET EN ARMES DANS VINGT MINUTES... ON VA PIÉGER CES SALES RATS !...

26A

ET VINGT MINUTES PLUS TARD, UNE PETITE TROUPE SOUS LES ORDRES DE LEWIS NORTON QUITTE LE MONASTÈRE...

MAIS SUR LE CHEMIN MENANT AU RED DRAGON...

ÉCARTEZ-VOUS !

?!

PLACE, PLACE !...

JUMPIN' JEHOSEPHA !

ON DIRAIT QU'ILS SE DIRIGENT VERS LE RED DRAGON !...

26B

FAITES ÉVACUER LES CIVILS DU PÉRIMÈTRE ENTOURANT LE BÂTIMENT !

DEUX HOMMES À LA PORTE DE DERRIÈRE. LES AUTRES EN POSITION. SI CETTE CRAPULE ET SES COMPLICES SONT LÀ ILS NE S'ÉCHAPPERONT PAS !

C'EST BIEN ÇA ! IL FAUT ABSOLUMENT QUE JE LES AVERTISSE !

PENDANT CE TEMPS, À L'INTÉRIEUR DU GRAND SALON DU RED DRAGON...

ALLONS, ALLONS, MESDEMOISELLES, LA SOIRÉE S'AVANCE, UN PEU DE NERF... IL SERAIT TEMPS DE VOUS APPRÊTER...

ET ALORS LE TYPE... C'EST-À-DIRE MOI-MÊME, S'EST JETÉ À L'EAU DU TROISIÈME ÉTAGE...

NOOON... VOUS ALORS SERGENT !

DITES "HO" GRAYSON... QUAND VOUS AUREZ TERMINÉ DE FAIRE LE JOLI CŒUR JE POURRAI PEUT-ÊTRE VOUS VOIR CINQ MINUTES ?...

J'ARRIVE, MON LIEUTENANT !

VOUS AVEZ ARRÊTÉ UN PLAN ?

OUI... SI L'ON PEUT APPELER ÇA COMME ÇA... MAIS CETTE LOCALISATION DE BOWMAN PAR LES HOMMES D'HOMER NE NOUS AVANCE TOUT DE MÊME PAS BEAUCOUP... IL FAUDRAIT UN ÉLÉMENT NOUVEAU POUR FAIRE BOUGER LES CHOSES ET...

KPAW KPAW

HEY ! QU'EST-CE QUE ?!!!

34

39

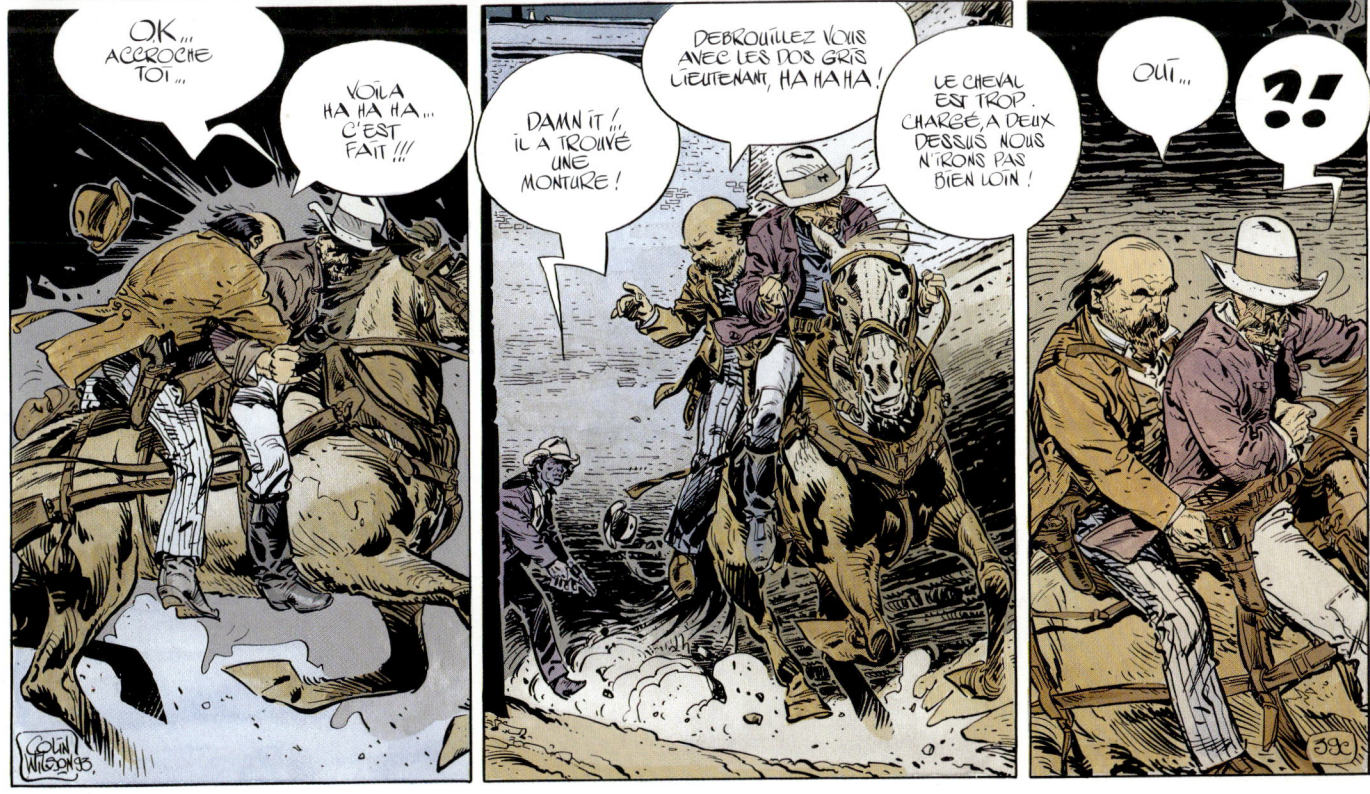

41

42

UN... UN BALLON DIRIGEABLE... MAIS COMMENT ALLONS NOUS FAIRE ?...

SMOOTS TRAVAILLAIT DANS UNE PLANTATION DONT LE PROPRIÉTAIRE ÉTAIT UN CINGLÉ DE CE GENRE DE TRUC... IL M'A DIT QU'IL SAVAIT COMMENT FAIRE, LUI !...

ALORS EN AVANT, SI CE TRUC PEUT NOUS FAIRE DÉGUERPIR D'ICI, IL N'Y A PAS À HÉSITER...

IL POURRA LIEUTENANT, PAS TRÈS LONGTEMPS... NOUS SOMMES TROP NOMBREUX MAIS IL POURRA...

JE VAIS COUPER LES CORDAGES !...

NON, GRIMPE, JE VAIS LE FAIRE !...

IMPOSSIBLE DE L'ENFONCER, ELLE EST BLOQUÉE DE L'INTÉRIEUR, ALLEZ CHERCHER UN MADRIER !...

NE BOUGE PAS MIKE !...

MY GOD !!!

47

Gonzalée AM 09/03

Gonzalée AM 09/03